句集

寝息と梟

遠藤由樹子

朔出版

句集　寝息と梟　目次

装丁　奥村靫正
装画　星野絢香
ともにＴＳＴＪ

句集　寝息と梟

Ⅰ

一夜の舟

平成二十二年・二十三年

三十八句

年新た雪の田に雪降りつづく

飽くるほど海を眺むる雪後かな

セメントの袋に降りて百合鷗

冬の薔薇牛乳よりも静かなる

涅槃寺お互ひの干支尋ねあふ

春めくや枝川に鯉まぎれこみ

遠からずこの樹下に咲くクロッカス
春の水ぐにやりと杭の映りをる

小鳥の巣末明の雨のすぐやみぬ

永き日の岸をオールで押し返す

桜より淡く絵具を溶かしけり

調教の白馬仰け反る花の昼

人を呑む海と知らずに雀の子

藻を分けて石沈みゆく春の暮

残る鴨たまさか高くもつれ飛ぶ

万緑や宿の畳のあたらしき

青嵐神木もまた育ちゆく
蚕豆をつまみ土葬の話など

岸の木がはらりと蛍零しけり

夏蝶の宝庫と言ひて黙りこむ

花ほほづき母唐突に死後のこと

思ひのほか涼し雷門の下

夏の雨ひろびろと降り草野球

白昼の砂まみれなる水母かな

風鈴の遠く聞こゆる夜の川
大川は渦に月射す施餓鬼かな

波音をふりきり月の昇りけり

海水と真水の境月照らす

共食ひもあらむ昴る虫の声

十月やプールの底を雀たち

濡れてこそ貝うつくしき冬隣

たとふればば虚子は城なり山眠る

高千穂　六句

冬菊をちぎりたし手で包みたし

練り歩く神々を追ふ冬田道

神楽てふ一夜の舟に乗り合はす

夜神楽や少年の耳くれなゐに

神楽せり唄この世闇より生まれ出づ

冬銀河ひかりの強き星さがす

II

航海

平成二十四年・二十五年

五十八句

初なづな無垢なる者はぎこちなく
息白し騎手の会話の弾みつつ

輝ける氷柱を雪に刺しにけり

握らるるかたちに萎れ寒薔薇

留学の子に雪靴を揃へたる

臘梅を粗朶の束より引き抜きぬ

洞窟を溢るる潮も春めけり

眠らむとして桜貝割るる音

地を歩く小鳥の逃げぬ遅日かな

夜の沖をただよふ声か猫交る

憑物の落ちしかんばせ古雛

出水にて　三句

げんげ田のかなたの鶴のうつつかな

病む鶴の声のみじかし春田風

つちふるや鶴去りし田の広々と

春の芝いま航海の途中とも

れつきとした恋で生まれし仔猫かな

花仰ぎ声の出し方忘れさう

翼にも骨あるあはれ春の雁

産卵のしづけさ桜散りかかる

これが桑あれが楮と春惜しむ

薫風や耳の奥なるあぶみ骨

分身であるはずもなく夏燕

わが産道抜けきし子らよ蔦青し

カヌー漕ぐ蝶が日向を飛ぶやうに

薔薇の前海の日差しと思ひけり

青葉冷え小鳥に頭痛あるかしら

人睦み産みて死にゆく夏蕨

朽ちかかる巣箱より蛇滑り出づ

花芹とぼんやりわかる蛍の夜

ほうたるや月の満ち欠けなどよそに

巣の中の鴉のうごく茂りかな

さみだれの草さみだれの蝶の脚

巨木より巨木へ歩む夏帽子

朝涼や草のどこかに卵濡れ

口ちさく開けて恋せむ蓮の花
轢かれたる雀の乾く我鬼忌なり

大学の夏吸殻の散らばれり
日向水こぼさねば減ることのなく

山城の空の近さに日傘閉づ
つまみたる萍ぞろり連なりぬ

白き歯の焦げ残りたる岩魚食ふ

一家団欒三伏の山暮るる

村の墓地向日葵の黄のむんむんと

炎天の絮となりたる薊かな

姨捨の冬瓜裂くる真昼かな

月見堂間口二間へ早稲の風

力抜き九月の波を見てをりぬ

鳥獣の愛はあざやか烏瓜

軽石はさみしき石や鳥渡る

太刀魚を干す昼中に下船せり

ゆく秋のオルガン人が人信じ

冬の蚊を叩きて空の青さかな

突発性難聴

生き生きと冬草の香や耳を病む

冬浅し生後五日のモルモット

睡蓮の冬のつぼみよ昔日よ

吉良の忌の呂律回らぬ寒さなり

セーターの僧のやさしき語り口
梟の瞼を覆ふ羽毛かな

Ⅲ　単純なひかり

平成二十六年・二十七年

七十三句

水照れば水辺へ歩む淑気かな

寒鯉の苔に腹擦る密か事

冬の虹母となる子と仰ぎをり

雪凍てて雀蜂の巣ころがれる

むつかしき愛をやさしく雪兎

早梅や吾が子と育て鶏を抱き

高き木は意外にほそし春隣

孫　耀誕生　三句

産声はあたたかな声鳥雲に

生後すぐ欠伸を覚え暖かし

片目づつ開く新生児春の雲

やはらかく雀らは跳ね雛納
棕櫚の葉のやつれに春の雪舞へり

まだ雨に遭はぬ巣箱の木目かな

家中のすこやかであれ初桜

単純なひかりがここに草若し

薇のゆるぶ世界に長居せむ

目の見えぬ猫蹲るつくづくし
獣にも人にもならぬ夕ざくら

懸垂の息夜気を帯び花の下
月面のかたさ思へり桜の夜

引き潮に突っ立つ春の鷗なり

繰り返し犬撫づる子と春惜しむ

草亀の真白き頭骨暮の春

からつぽの野鳥の檻の夏めきぬ

鼈《すつぽん》が鯉かき分けて夏来る

悲しむにあらず早苗のひたそよぐ

五月逝く雨の雀をとほく見て
かはほりの今しこの世に戻りたる

河童忌の夜風の橋を渡りけり

搭乗口若き素足を目で追へる

生者らのさくさく崩すかき氷

向日葵を一輪活けて我が家とす

竜の落し子よりも寂しき跣足なり

炎天や川太ければ橋長く

海鳥のはじかれて飛ぶ夏怒濤

小諸城　二句

苔が照り蜥蜴も照りて野面積

蟬声に朦朧とする古城かな

夕顔や人目に触れぬ鳥の耳

避雷針ぼんやりと見て夏の暮

風鈴や長女の声と次女の声

夕日射す草より夏の衰ふる

生くる者靴揃へ脱ぐ施餓鬼寺

秋雨の入江音なくフィン潜る

泡芥まみれの秋の海月なり

きちかうのひらきて青き翅脈かな

馬見むと九月の日傘たたみけり

白無垢や日をからめ飛ぶ草の絮

ボクシングジムの看板木槿散る

存分に嘆きて眠る子規忌かな

虫鳴くや幻の根をめぐらせて

月高くなり人声の慕はしく

亡き人に元気な頃や鶏頭花

天の川遠くじんべゑ鮫の斑か

水飲んで桜紅葉の匂ひせり

初鴨の驚きやすくまどろめる

幸福のきはみの色の銀杏散る

立冬の殻薄々とかたつむり

恩寵の日差し柊咲く頃は

葡萄棚傻き色に枯れにけり

ほやほやの冬をかがやく竜の玉

来年も去年も遠し返り花

冬草の日向に誰も現れず

初雪を鳥の気持ちで歩みけり

韜ること好きな兎の眼を覗く

冬麗や仔犬貰ひし日のやうに
裏おもてつめたき葉書霙降る

遺されし鶴の長寿のあはれなり
熊と熊抱き合へばよく眠れさう

蓮枯れてただれ尽くしし淡さかな

千匹の冬の金魚に痴れにけり

祝電と弔電の束雪降れり
触れずおく冬の菫の耳たぶに

ゆく年の岬の果ての電柱よ

Ⅳ 抱卵

平成二十八年・二十九年

六十六句

寒林と呼べぬほど日の溢れをり

次の世は翼の欲しき兎かな

草氷り小鳥の吐きしもの氷る

笹を分け猫現るる春隣

貝殻を踏んだらあぶく暖かし
また春を迎へて母は庭に立つ

春遅々と双眼鏡の雨を拭く

大禍なき一世であれと雛飾る

残雪の尾根やはらかく遠きかな

鳥の恋かぼそき胸を反らしたる

花の夜の渡りきりたくなき橋ぞ

後ずさり苦手な蝌蚪の蠢ける

ガーベラに隠れてしまふ甘茶仏

愛そそぐ手つきで甘茶そそぎけり

土湿り菫の淡きこの世かな

どの径に逸れても桜散りかかり

一羽ゆく帰巣の空も春の暮

抱卵の鶴に寄りそふ鶴しづか

誰もみな翼をたたみ潮干狩

馬の仔ややわづかな砂塵従へて

胸中に鳴る氷片や夕若葉

数式を詩と言ひし人青嵐

通り雨なれば華やぐ祭笛
ろくぐわつの岸青々と人ひとり

木道の筏と化してさみだるる

あぢさゐに遠き珊瑚の記憶あり

みちのくの旅の田に見し萍よ

空梅雨の沖茫洋と広がれり

開け閉てのひそかな暮し濃紫陽花

形代や朽葉を分けて水の湧き

昼顔ははたちの夏の色であり
四万六千日雀至つて元気なり

亀の子が波に遊ばれ遊ぶかな

夏草も牛の涎もなびきをり

夏蝶がぶつかつてくるほど静か

夏雲へ簡素な橋を渡りけり

イタリア　四句

遺跡灼け機関銃抱く兵士かな

尼僧立つ夾竹桃の花の下

天井に描かれしアダム夏終る

鷗らは舞ひ八月は過ぎやすく

マンモスの滅びし大地虹消えぬ

走馬灯眠る子抱けば眠くなり

かなかなや草木山川やつれ初む

雨上がりたる朝顔の青さかな

きちかうが咲き大切な日となりぬ

秋の蟬旧知のごとく電柱に

対岸の歌も聞こゆる踊の夜
岸広く秋の日傘を回しけり

号泣の児を抱きしめむゐのこ草

糸瓜忌の箱に溶けたるチョコレート

崖あらば崖に立ちたし鳥渡る

浅草に冬来る鳩が泥つつく

一生にも大昔ありき冬たんぽぽ

恍惚と銀杏をあふぐ一の酉

お多福にゑくぼや酉の市灯る
夜神楽の手首いよいよ戯けだす

鯛焼きの貌と尾鰭を分けあひぬ

首細き菊こそよけれ一葉忌

飛ぶことに飽きたる鳩と日向ぼこ

思慮深き子が思慮深く落葉踏む

落葉にも横顔のある楽しさよ

もつれざる麒麟の脚や蔦枯るる

ぼろ市の骨のクルスのかろきこと

ぼろ市の隅に鍼打つ男かな

風の夜は狐の巣穴思ふべく

このちは山見て育つ冬帽子

V 音なき国

平成三十年・令和元年

七十六句

霜を踏み箸を授かるお元日

初春へ青き風船手放しぬ

青森　六句

雪降るや網棚の荷に隙間なく

馬の歯が凍る秣をほぐし噛む

荒涼と雪降りしきる馬の耳

吊橋の雪ふかぶかと人寄せず

白鳥が雪の窪みに憩ひをる

みちのくの基地のフェンスの草氷柱

仏蘭西にかぶれし頃の冬帽子
春を待つとは星仰ぐ家路かな

神鶏と生まれはこべら啄める

二の午や汗をかきたる油揚げ

野の色のいまだ淡彩蕗の薹

送電塔そろそろ燕来る頃か

電線のたわむ夜空や沈丁花

草といふ草に根のある朧かな

あの高き巣箱のうちに微睡まむ
登りつつなにか遠のく春の山

病室へ招き入れたき燕かな

娘より貰ふ名刺や鳥雲に

好きな色わからずじまひチューリップ

目の見えて仔猫は空を手に入れぬ

抱きとめて尻餅をつく春の草

走り根につまづく花の夜なりけり

花散るや空に晩年あるごとく

あたたかや親の話に上の空

きびきびとひかりの針の目高の子

母の日の波打ち際のかくも澄む

あつけなく死ぬ籠の鳥麦の秋

船べりに吹かれ六月近きかな

満天の星の下なるかたつむり

紫陽花のいま孵化したてなる青さ

海原をマンタの進む六月よ

禽獣の和毛も草も梅雨に入る

ぬれぬれと大和島根の実梅たり
ホーキング博士よ夏の空がある

草むらはうなばらの風蜥蜴の子

雲のゆく真下を毛虫歩むなり

一生の早さを知らず浮輪の子
ためらはず海面へ跳ぶ跣足かな

待つ船のなき桟橋の涼しさよ

金魚売る盥に浮かす木の値札

夏空を音なき国と仰ぎけり

向日葵の彼方に古きサイロ見ゆ

公道を牛よぎりたる日の盛

ゆく夏や遊び足らざる草の揺れ

夕暮の線路を歩く仔鹿かな

八月も半ばの百合の白さかな

秋の風鈴まるで初めて鳴るやうに

はるかまで真昼の入江法師蟬

島裏の小径は秋の蝶の径

流灯のいくたびも息吹き返す

海藻に微々たる腐臭燕去ぬ
草の穂の揺れ灯台に続きたる

手枕で眠る畳やきりぎりす
月高く塵のよぎらぬ夜空なり

おしろいは町内の花米買ひに
寄る辺なき人工衛星猫じやらし

閲覧室出て柔らかき秋の芝
十月ざくら母のいのちが眼前に

飯桐の実よ喜びは逃げやすく
火の熾る早さに秋を惜しみけり

梟の子がすくすくと冬を待つ

日の当たる草に近づく冬初め

鳶一羽放し飼ひして山眠る

あこがれのひえびえとあり冬桜

冬田また冬田讃美歌流れけり

標本の鮫の直立十二月

羚羊のこちら見つむる細雨かな

触れがたき父の恋情炬燵出る

鯨鍋問はず語りの夜の更けぬ

床一面ずわい蟹咲く糶場なり

絵の中の星は黄色や冬木立

面白きことまだあらむ竜の玉

なほ青き岸辺の草に年惜しむ

血を分けし者の寝息と梟と

VI　雨を縫ふ

令和二年

六十四句

直情の薄れて冬の菫かな

鷹を呼ぶ拳を愛のかたちとも

一月が過ぎゆく湾を出るやうに
春を待つ歩幅で山へ近づきぬ

生き物を飼ひし昔よ水温む

カナリアの羽の色あり雛あられ

金色の釘打ち巣箱仕上がりぬ

驢馬も老い春の日向を貪れる

草おぼろ十日十一日と過ぎ
逃げてゆく日々の随《まにま》に桜かな

石鹸玉母の記憶が割れてゆく
前年と生き写しなる桜かな

ハチ公の眉間を濡らし牡丹雪

空ちかき古巣朝日に洗はるる

蹼の乾きやすさよ麦の秋

鳰の子が次から次へ武者震ひ

夏の芝腕立て伏せの美しく

亀の子の背に萍の二三片

大鷹の子を見失ふ茂りかな

人伝てに届く訃報やさくらんぼ

六月や野の一木の遺書めける

追悼　鍵和田秞子先生

雨を縫ふ緋鯉となりて戻られよ

鼈《すつぽん》が遊びをせむと夕立晴

人逝きて雨にふやけし浮巣かな

滑空の鳶七月を引き連れて

岸に目もくれずカヌーの去りゆけり

切株が草に溺るる日の盛

説明のつかぬ淋しさ日傘さす

夏草の古墳に立ちて死の親し

文字持たぬ鳥よ獣よ雲の峰

生霊と網戸一枚隔てをり

疫病や拾はれぬまま凌霄花

隠沼は仮死の沈黙八月来

大輪の朝顔海を手放さず

刈ればまた育つ牧草天の川
海上にかくあどけなく秋の虹

蜉蝣は怒りを持たず生まれけり

稲の花ひらく性善説ひらく

葉脈に沿うて蟯蚸の脚長し

松籟のむかうに九月来てをりぬ

秋風や豺《やまいぬ》の護符刺さる畑

椎茸の榾木をつつむ虫の闇

幌馬車を駆りし世のあり草の花

礼服の四五人椎の実を拾ふ

みな過ぎて今年の菊の咲き初むる

乱帙の書のどこからか虫の声

灯りたるバスゆく月の岬かな

山よりも雲へ目のゆく雁の頃

折目から傷みし手紙天高し

肉眼で見ゆる彼方を鶴渡る

木道の日の斑を辿り冬近し

暖色の残菊に鳴る電話かな

草の絮舞ふ頃となり墓地に人

わが一世鯨の一世銀杏散る

末枯や余韻みじかく発車ベル

屋上のここからが空冬が来る

妊れる象と教はり冬ぬくし

山近くこぼれむばかり蒲団干す

頸動脈あるかと思ふ冬の蝶

ロシア革命知るチェス盤と襟巻と

冬晴や栗鼠の咀嚼のあらはなる

ゆく年の泡の色なる月仰ぐ

眠りこむ白鳥瞼あどけなく

末文は尾白鷲舞ふ岬にて

寝息と梟　畢

あとがき

本書は第二句集である。平成二十二年より令和二年までの十一年間の句の中から、三百七十五句を収めた。私の五十代前半から六十代前半の作品となる。さまざまな出来事があったが、私にとってこの歳月は総じて人生のよき季節であったと思う。至らぬことも、嬉しいことも、心躍ることも多々あった。たった十年ほどの月日だが、既に夢に似た眩しさを帯びている。

長女に一子が誕生し、次女は数年前より俳句を作り始めた。昨日の続きに今日があり、今日の続きに明日がある。その積み重ねが何より大事だという気がしている。日々の中で、何らかの対象を慈しむ気持ちが募る瞬間がある。その慈しむという感情を言葉にして残したいというささやかな衝動に駆られて、私は俳句を詠んできた。自分の俳句は、大切な何かを守りたいという気持ちの表れなのかもしれない。

令和元年に約二十年間在籍した「未来図」を退会、その翌年に鍵和田秞子先生が亡くなられた。先生の膝下を離れた後であるがゆえ、尚更のこと喪失感は大きかった。今もどこかで、先生が元気にしていらっしゃる気がしてならない。

句集上梓にあたり、鈴木忍氏にひとかたならぬお力を貸して頂いた。

この先も永く俳句を作り続けてゆきたい。

令和三年二月

遠藤由樹子

著者略歴

遠藤由樹子（えんどう　ゆきこ）

1957 年　東京生まれ
2001 年　「未来図」に入会、鍵和田秞子に師事
2010 年　第一句集『濾過』上梓
2015 年　第 61 回角川俳句賞受賞
2019 年　「未来図」を退会
現 在　　俳人協会幹事

現住所　〒 154-0024　東京都世田谷区三軒茶屋 2-52-17-203

句集　寝息と梟《ねいきとふくろう》

2021年5月1日　初版発行

著　者　　遠藤由樹子

発行者　　鈴木　忍

発行所　　株式会社 朔《さく》出版
郵便番号173-0021
東京都板橋区弥生町49-12-501
電話　03-5926-4386
振替　00140-0-673315
https://saku-pub.com
E-mail　info@saku-pub.com

印刷製本　中央精版印刷株式会社

ISBN978-4-908978-61-6　C0092